公主出任務 3
THE Princess IN BLACK 飢餓的萌兔怪

文／珊寧・海爾 & 迪恩・海爾
Shannon Hale & Dean Hale

圖／范雷韻 LeUyen Pham

譯／黃筱茵

獻給愛薇公主和可拉公主，
她們遠比看起來更危險
珊寧·海爾 & 迪恩·海爾

獻給依西公主、瑪德蓮公主和佩頓公主
范雷韻

人物介紹

木ㄇㄨˋ蘭ㄌㄢˊ花ㄏㄨㄚ公ㄍㄨㄥ主ㄓㄨˇ

黑ㄏㄟ衣一公ㄍㄨㄥ主ㄓㄨˇ

牧ㄇㄨˋ童ㄊㄨㄥˊ達ㄉㄚˊ夫ㄈㄨ

萌ㄇㄥˊ兔ㄊㄨˋ怪ㄍㄨㄞˋ

黑ㄏㄟ旋ㄒㄩㄢˊ風ㄈㄥ

酷ㄎㄨˋ麻ㄇㄚˊ花ㄏㄨㄚ

噴ㄆㄣ嚏ㄊㄧˋ草ㄘㄠˇ公ㄍㄨㄥ主ㄓㄨˇ

第 一 章
早午餐約會

　　木蘭花公主和獨角獸酷麻花正往村莊的方向前進，因為噴嚏草公主邀請他們一起享用早午餐。酷麻花決定乾脆省略早餐，因為牠想好好大吃一頓。

和ㄏㄢˊ噴ㄆㄣ嚏ㄊㄧˋ草ㄘㄠˇ公ㄍㄨㄥ主ㄓㄨˇ一ㄧˋ起ㄑㄧˇ吃ㄔ早ㄗㄠˇ午ㄨˇ餐ㄘㄢ，代ㄉㄞˋ表ㄅㄧㄠˇ會ㄏㄨㄟˋ有ㄧㄡˇ塗ㄊㄨˊ滿ㄇㄢˇ奶ㄋㄞˇ油ㄧㄡˊ的ㄉㄜ˙鬆ㄙㄨㄥ軟ㄖㄨㄢˇ麵ㄇㄧㄢˋ包ㄅㄠ。

　　和ㄏㄢˊ噴ㄆㄣ嚏ㄊㄧˋ草ㄘㄠˇ公ㄍㄨㄥ主ㄓㄨˇ吃ㄔ早ㄗㄠˇ午ㄨˇ餐ㄘㄢ，肯ㄎㄣˇ定ㄉㄧㄥˋ會ㄏㄨㄟˋ有ㄧㄡˇ包ㄅㄠ裹ㄍㄨㄛˇ著ㄓㄜ˙融ㄖㄨㄥˊ化ㄏㄨㄚˋ起ㄑㄧˇ司ㄙ的ㄉㄜ˙煎ㄐㄧㄢ蛋ㄉㄢˋ捲ㄐㄩㄢˇ，還ㄏㄞˊ有ㄧㄡˇ多ㄉㄨㄛ到ㄉㄠˋ堆ㄉㄨㄟ成ㄔㄥˊ小ㄒㄧㄠˇ山ㄕㄢ、上ㄕㄤˋ頭ㄊㄡˊ撒ㄙㄚˇ滿ㄇㄢˇ糖ㄊㄤˊ霜ㄕㄨㄤ的ㄉㄜ˙甜ㄊㄧㄢˊ甜ㄊㄧㄢˊ圈ㄑㄩㄢ。

在這個世界上，酷麻花最喜歡的事情，就是和噴嚏草公主一起吃早午餐。

咖啡館就在前方不遠之處，剛出爐的麵包香，已經隨著空氣四處飄散。酷麻花快等不及了，牠開始加快腳步。

這時候，木蘭花公主的閃光石戒指卻響了。是怪獸警報！

酷麻花忍不住哀嚎。因為牠現在不想跟怪獸戰鬥，牠超級無敵想吃甜甜圈。

「酷麻花，我們沒時間趕回城堡了。」木蘭花公主低聲說：「到祕密山洞去！」

酷麻花的肚子餓得咕嚕咕嚕叫。牠希望這次能速戰速決。

木蘭花公主和酷麻花騎進祕密山洞。當他們從山洞另一頭出現時，已經變身為黑衣公主和她的忠心小馬——黑旋風。

黑旋風蓄勢待發、前腳還立了起來。怪獸們，你們得小心了！千萬別擋住飢餓的小馬前往豐盛早午餐的路。

第 二 章
史上最強的對手

　　黑衣公主突然覺得胃有一點怪怪的。或許是因為，她將遇上有史以來最強的對手而感到不安。不過，也可能只是因為肚子餓。因為她也非常期待豐盛的早午餐，所以沒吃早餐。

不ㄅㄨˋ遠ㄩㄢˇ處ㄔㄨˋ，牧ㄇㄨˋ童ㄊㄨㄥˊ達ㄉㄚˊ夫ㄈㄨ正ㄓㄥˋ朝ㄔㄠˊ著ㄓㄜ他ㄊㄚ們ㄇㄣˊ跑ㄆㄠˇ過ㄍㄨㄛˋ來ㄌㄞˊ。

「救ㄐㄧㄡˋ命ㄇㄧㄥˋ啊ㄚ！」他ㄊㄚ大ㄉㄚˋ喊ㄏㄢˇ：「草ㄘㄠˇ原ㄩㄢˊ上ㄕㄤˋ來ㄌㄞˊ了ㄌㄜ好ㄏㄠˇ幾ㄐㄧˇ百ㄅㄞˇ隻ㄓ……這ㄓㄜˋ是ㄕˋ有ㄧㄡˇ史ㄕˇ以ㄧˇ來ㄌㄞˊ最ㄗㄨㄟˋ嚴ㄧㄢˊ重ㄓㄨㄥˋ的ㄉㄜ怪ㄍㄨㄞˋ獸ㄕㄡˋ入ㄖㄨˋ侵ㄑㄧㄣ！」

「飛�冫呀ㄚ，黑ㄏㄟ旋ㄒㄩㄢ風ㄈㄥ，飛ㄈㄟ呀ㄚ！」黑ㄏㄟ衣ㄧ公ㄍㄨㄥ主ㄓㄨ大ㄉㄚ喊ㄏㄢ。

黑ㄏㄟ旋ㄒㄩㄢ風ㄈㄥ不ㄅㄨ會ㄏㄨㄟ飛ㄈㄟ。幸ㄒㄧㄥ好ㄏㄠ，牠ㄊㄚ真ㄓㄣ的ㄉㄜ跑ㄆㄠ得ㄉㄜ很ㄏㄣ快ㄎㄨㄞ。

他們奔馳進入山羊草原。黑衣公主一個後空翻，從馬背上跳了下來。就在她握緊拳頭，擺好姿勢、準備戰鬥時⋯⋯

黑衣公主突然笑了出來！

「小ㄒㄧㄠˇ兔ㄊㄨˋ兔ㄊㄨˋ！」

第 三 章
怪獸在哪裡？

　　沒ㄇㄟˊ多ㄉㄨㄛ久ㄐㄧㄡˇ，牧ㄇㄨˋ童ㄊㄨㄥˊ達ㄉㄚˊ夫ㄈㄨ也ㄧㄝˇ跟ㄍㄣ著ㄓㄜ˙趕ㄍㄢˇ回ㄏㄨㄟˊ到ㄉㄠˋ山ㄕㄢ羊ㄧㄤˊ草ㄘㄠˇ原ㄩㄢˊ。他ㄊㄚ喜ㄒㄧˇ歡ㄏㄨㄢ偷ㄊㄡ偷ㄊㄡ研ㄧㄢˊ究ㄐㄧㄡˋ黑ㄏㄟ衣ㄧ公ㄍㄨㄥ主ㄓㄨˇ的ㄉㄜ˙忍ㄖㄣˇ者ㄓㄜˇ招ㄓㄠ數ㄕㄨˋ。在ㄗㄞˋ真ㄓㄣ正ㄓㄥˋ成ㄔㄥˊ為ㄨㄟˊ山ㄕㄢ羊ㄧㄤˊ復ㄈㄨˋ仇ㄔㄡˊ者ㄓㄜˇ之ㄓ前ㄑㄧㄢˊ，他ㄊㄚ還ㄏㄞˊ需ㄒㄩ要ㄧㄠˋ多ㄉㄨㄛ加ㄐㄧㄚ練ㄌㄧㄢˋ習ㄒㄧˊ。

但ㄉㄢˋ他ㄊㄚ趕ㄍㄢˇ到ㄉㄠˋ草ㄘㄠˇ原ㄩㄢˊ時ㄕˊ卻ㄑㄩㄝˋ發ㄈㄚ現ㄒㄧㄢˋ，黑ㄏㄟ衣ㄧ公ㄍㄨㄥ主ㄓㄨˇ根ㄍㄣ本ㄅㄣˇ沒ㄇㄟˊ有ㄧㄡˇ對ㄉㄨㄟˋ怪ㄍㄨㄞˋ獸ㄕㄡˋ開ㄎㄞ戰ㄓㄢˋ。

　　黑ㄏㄟ衣ㄧ公ㄍㄨㄥ主ㄓㄨˇ居ㄐㄩ然ㄖㄢˊ嘟ㄉㄨ起ㄑㄧˇ嘴ㄗㄨㄟˇ巴ㄅㄚ，準ㄓㄨㄣˇ備ㄅㄟˋ要ㄧㄠˋ……親ㄑㄧㄣ怪ㄍㄨㄞˋ獸ㄕㄡˋ?!

15

情況不該是這樣啊！黑衣公主會和威脅要吃山羊的怪獸大戰啊！她肯定不會溫柔對待那些怪獸，也從來不會想要嘟嘴親怪獸。

　　「達夫，你說的怪獸呢？」黑衣公主問。

　　達夫跑得上氣不接下氣，說不出話來，只能用手指著地面。

　　「在哪裡？」黑衣公主疑惑的問。

　　達夫又指了一次地上那些兔子。到處都是兔子，他隨便一指都會指到牠們。

「除了這些可愛的小兔兔之外，我什麼也沒有看到啊。」黑衣公主說。

「這些兔子，就是……怪獸。」達夫喘著說。

黑衣公主笑著說：「小兔兔才不是怪獸呢。」

「牠們是從怪獸國來的！」達夫說：「牠們全部都從那個洞裡跳出來。而且，牠們在吃山羊要吃的草！」

「唉唷，達夫。」黑衣公主說：「牠們只是可愛的小兔子，哪有可能造成什麼傷害嘛！」

第 四 章
什麼都吃的小兔子

在怪獸國裡的兔子們覺得好無聊，牠們既無聊又肚子餓。

將近一百張的兔子小嘴巴，把所有東西都試吃了一遍。牠們嘗了怪獸毛皮，嚼了石頭碎屑，還吃了腳指甲和蜥蜴的鱗片。可是，兔子大軍還是餓得不得了。

突然，一陣特別的香味從怪獸國天花板的洞口飄了下來。

一隻特別勇敢的小兔子從洞口探出頭，想找到這股特別的味道是從哪裡飄來的。

是草原！一望無際的綠色草原！

「我一定要嘗嘗看。」小兔子說。

小兔子啃了一些草。

「真好吃。」牠說：「我要告訴其他夥伴。」

牠告訴其他兔子，上頭有這麼一大片美味的草原。

沒多久，整群飢餓的小兔子，全都從底下的怪獸國，跳上了山羊草原。

第五章
草皮的滋味

　　黑ᵍ旋ˣˊ風ㄈ的ㄉ肚ㄉㄨˋ子ㄗ餓ㄜˋ得ㄉ咕ㄍㄨ嚕ㄌㄨ咕ㄍㄨ嚕ㄌㄨ叫ㄐㄧㄠˋ。那ㄋㄚˋ些ㄒㄧㄝ兔ㄊㄨˋ子ㄗ看ㄎㄢˋ起ㄑㄧˇ來ㄌㄞˊ好ㄏㄠˇ像ㄒㄧㄤ很ㄏㄣˇ享ㄒㄧㄤˇ受ㄕㄡˋ青ㄑㄧㄥ草ㄘㄠˇ的ㄉ滋ㄗ味ㄨㄟˋ。讓ㄖㄤˋ黑ㄏㄟ旋ㄒㄩㄢˊ風ㄈㄥ覺ㄐㄩㄝˊ得ㄉ好ㄏㄠˇ奇ㄑㄧˊ，這ㄓㄜˋ裡ㄌㄧˇ的ㄉ青ㄑㄧㄥ草ㄘㄠˇ是ㄕˋ不ㄅㄨˋ是ㄕˋ特ㄊㄜˋ別ㄅㄧㄝˊ好ㄏㄠˇ吃ㄔ。

黑旋風嗅了一下深綠色草皮的味道。草皮聞起來不像塗滿奶油的鬆軟麵包那樣迷人，也不像包裹著融化起司的煎蛋捲，更別說有糖霜甜甜圈的香甜味道。

27

黑旋風閉上眼睛試著想像，
這些草嚐起來就跟早午餐的煎
蛋捲、甜甜圈一樣美味。接
著，牠張大嘴巴，大咬一口。

沒想到，牠竟然一邊咳，一邊把滿嘴的草吐出來。草根本不像甜甜圈那麼好吃，甚至連草的清香味也沒有。

其實，黑旋風大咬一口進嘴巴裡的全都是土。這一大群兔子，早就把整片草原吃得一乾二淨，連一根草也不剩。

29

突然，有一隻兔子好像在嚼黑旋風的尾巴最末端……

沒錯！的確有一隻兔子正在啃牠的尾巴。

黑旋風用力甩甩尾巴，兔子依舊緊咬不放。

黑旋風試著小跑一段路，兔子還是不放棄。

黑旋風使出最後一招：一屁股坐在自己的尾巴上。

這下子，小兔子終於放棄了。

第 六 章
九臂怪獸怕什麼？

「黑衣公主，你得想辦法阻止這些怪獸！」達夫說。

達夫焦急的抓著頭，不停的走來走去。

「你確定牠們是從怪獸國來的嗎？」黑衣公主問。

「我確定！」達夫說：「我看見牠們從那個洞跳上來。」

「可憐的小東西。」黑衣公主說：「牠們可能是為了躲避怪獸而逃上來的。我們要確保牠們的安全。」

就在這個時候，一隻有爪子的手臂從洞裡伸了出來。

接著，另外八隻手臂也陸續出現。最後，一隻有九隻手臂、口水不停往下滴的巨大怪獸從洞口現身！

怪獸用很多隻後腿站了起來，張大嘴巴。

接著，牠大叫：「吼~~~！」

在吃草的小兔子全都停下來，轉過頭直盯著怪獸看。

怪獸正準備再大叫一聲「吼……」，牠現在才看見了坐在一旁的小兔子。

接著，兔子大軍只是動了動牠們的小鼻子——

嚇人、巨大、有九隻手臂的怪獸居然立刻乖乖跳回洞裡。

而兔子大軍就像什麼事也沒有發生一樣，繼續吃草。

「你看見了嗎？」達夫問。「那隻超大、猛流口水、九隻手臂的怪獸，居然害怕這些兔子！」

「怕兔子？怎麼可能！」黑衣公主說：「小兔兔又不可怕。」

公主輕輕安撫著腿上的兔子——不只有一隻兔子，而是一共有三隻！

「咦，怎麼突然變多啦？」

第 七 章
什麼都不放過

　　草原不再是綠色的了，因為兔子大軍沒放過任何一根草，全部啃得乾乾淨淨。

　　這會兒，幾隻兔子像樹蛙一樣攀在大橡樹上。

　　「牠們在吃那棵樹嗎？」達夫擔心的問。

　　「當然不是呀，」黑衣公主說：「小兔兔不會吃樹。」

　　但接下來則是有更多兔子繼續跳到樹幹上，然後攻占樹枝。沒幾秒鐘，整棵樹就被兔子啃光了。

兔子嘖嘖作聲、舔舔嘴唇，一臉滿足的模樣。

「牠們把樹吃掉了！」達夫驚呼：「小兔兔把整棵樹都吃光了！」

黑衣公主並沒有察覺，到底發生什麼事情，她只是繼續輕輕摸著腿上的小兔子——已經有六隻兔子擠在她的腿上了。

　　兔子大軍接著跳到山羊背上，啃山羊的毛。

「牠們在吃我的山羊！ 牠們在吃我的山羊！」達夫慌張的大喊。

「不會吧⋯⋯牠們只是可愛的小兔兔啊！」黑衣公主說。

43

一一隻可愛的小兔子跳到山羊頭上。牠的小嘴巴張得大大的，喀啦喀啦的嚼起山羊的一一隻角。山羊的角只剩一半了。

「黑衣公主，你快看呀！」達夫大喊。

黑衣公主往下一看：一隻小兔子正在啃她的權杖。

45

第 八 章
與萌兔怪大戰

　　黑⟨ㄏㄟ⟩衣⟨ㄧ⟩公⟨ㄍㄨㄥ⟩主⟨ㄓㄨ⟩好⟨ㄏㄠ⟩不⟨ㄅㄨ⟩容⟨ㄖㄨㄥ⟩易⟨ㄧ⟩才⟨ㄘㄞ⟩能⟨ㄋㄥ⟩站⟨ㄓㄢ⟩起⟨ㄑㄧ⟩來⟨ㄌㄞ⟩，因⟨ㄧㄣ⟩為⟨ㄨㄟ⟩一⟨ㄧ⟩共⟨ㄍㄨㄥ⟩有⟨ㄧㄡ⟩十⟨ㄕ⟩隻⟨ㄓ⟩小⟨ㄒㄧㄠ⟩兔⟨ㄊㄨ⟩子⟨ㄗ⟩從⟨ㄘㄨㄥ⟩她⟨ㄊㄚ⟩身⟨ㄕㄣ⟩上⟨ㄕㄤ⟩滾⟨ㄍㄨㄣ⟩下⟨ㄒㄧㄚ⟩來⟨ㄌㄞ⟩，其⟨ㄑㄧ⟩中⟨ㄓㄨㄥ⟩有⟨ㄧㄡ⟩隻⟨ㄓ⟩兔⟨ㄊㄨ⟩子⟨ㄗ⟩正⟨ㄓㄥ⟩在⟨ㄗㄞ⟩嚼⟨ㄐㄧㄠ⟩她⟨ㄊㄚ⟩的⟨ㄉㄜ⟩斗⟨ㄉㄡ⟩篷⟨ㄆㄥ⟩一⟨ㄧ⟩角⟨ㄐㄧㄠ⟩。

　　「你⟨ㄋㄧ⟩們⟨ㄇㄣ⟩還⟨ㄏㄞ⟩真⟨ㄓㄣ⟩的⟨ㄉㄜ⟩是⟨ㄕ⟩怪⟨ㄍㄨㄞ⟩獸⟨ㄕㄡ⟩，沒⟨ㄇㄟ⟩錯⟨ㄘㄨㄛ⟩吧⟨ㄅㄚ⟩？」黑⟨ㄏㄟ⟩衣⟨ㄧ⟩公⟨ㄍㄨㄥ⟩主⟨ㄓㄨ⟩說⟨ㄕㄨㄛ⟩。

小兔子們動了動柔軟的鼻子，搖擺著毛茸茸的尾巴。一隻長得比較高的兔子，居然一口咬下山羊脖子上的鈴鐺。

「萌兔怪，夠了！」黑衣公主說：「你們不能吃山羊。快回到洞裡去。」

萌兔怪慢慢靠近公主，其中一隻萌兔怪還湊過去聞她的鞋子。

黑⟨ㄏㄟ⟩衣⟨ㄧ⟩公⟨ㄍㄨㄥ⟩主⟨ㄓㄨ⟩按⟨ㄢ⟩了⟨ㄌㄜ⟩權⟨ㄑㄩㄢ⟩杖⟨ㄓㄤ⟩上⟨ㄕㄤ⟩的⟨ㄉㄜ⟩開⟨ㄎㄞ⟩關⟨ㄍㄨㄢ⟩，公⟨ㄍㄨㄥ⟩主⟨ㄓㄨ⟩權⟨ㄑㄩㄢ⟩杖⟨ㄓㄤ⟩立⟨ㄌㄧ⟩刻⟨ㄎㄜ⟩變⟨ㄅㄧㄢ⟩成⟨ㄔㄥ⟩威⟨ㄨㄟ⟩力⟨ㄌㄧ⟩打⟨ㄉㄚ⟩怪⟨ㄍㄨㄞ⟩棒⟨ㄅㄤ⟩。她⟨ㄊㄚ⟩將⟨ㄐㄧㄤ⟩打⟨ㄉㄚ⟩怪⟨ㄍㄨㄞ⟩棒⟨ㄅㄤ⟩揮⟨ㄏㄨㄟ⟩向⟨ㄒㄧㄤ⟩萌⟨ㄇㄥ⟩兔⟨ㄊㄨ⟩怪⟨ㄍㄨㄞ⟩。

49

快速掃擊
（ㄎㄨㄞ ㄙㄨ ㄙㄠ ㄐㄧ）

強力
（ㄑㄧㄤ ㄌㄧ）
光斬
（ㄍㄨㄤ ㄓㄢ）

萌兔怪輕易閃過她的攻擊，還淘氣的對她眨眼睛。牠們連大石頭都想吃掉。

　　「達夫，我不曉得該怎麼辦。」黑衣公主說：「實在太多隻兔子了。而且，我連碰都碰不到牠們。」

　　「試試『可怕飄飄扇』吧！」達夫說：「去年春天，你用那一招嚇跑大耳怪。」

　　黑衣公主立即展開飄飄扇，用打怪棒敲擊扇面，發出很大的「匡噹」聲，響徹整片草原。

52

萌兔怪動了動長耳朵，巨大的「匡啷」聲根本沒嚇倒牠們。牠們竟然又吃下更多石頭。接著，萌兔怪把山羊團團圍住，山羊緊張的咩咩叫不停，尤其是那隻少了半隻角的山羊。

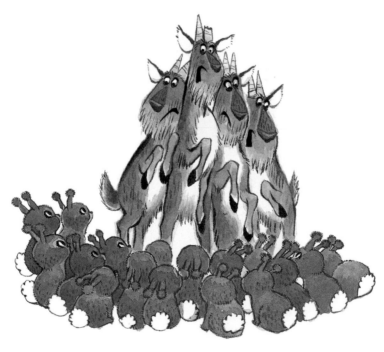

54

「退後，兔子，退後！」黑衣公主大喊。

萌兔怪絲毫不理會黑衣公主，有一隻甚至跳過來啃公主的鞋子。

第 九 章
你是食物嗎？

　　兔子大軍看著黑衣公主大吼大叫。

　　「那個黑色的小東西在為我們歌唱。」其中一隻兔子說。

　　牠們看見黑衣公主不停甩動手中的打怪棒。

　　「還揮著棒子在為我們跳舞。」另一隻接著說。

「我們應該試一下那隻棒子能不能吃。」後面一隻說。

「你是食物嗎？」公主腳邊的兔子對著她的鞋子問道。

「如果它不是食物，它會跟我們說。」某隻攀在山羊頭上的兔子說：「它會說……請勿吞食。」

「如果它是食物，我們應該把它吃掉。」一隻不常發表意見的兔子這樣說。

「也許它的聽力不好。」體型最小的兔子說：「它的耳朵好小喔。」

「我們再問它一次好了。」最大的兔子提議：「我們一起問？」

幾百隻眼睛一起看著黑衣公主，幾百隻眼睛同時可愛的眨呀眨。

　　「你是食物嗎？」兔子大軍對著黑衣公主問。

　　黑衣公主竟然沒有聽到牠們的問題。她只看見這些小兔子對她眨著大眼睛。她看見牠們俏皮的動動鼻子、聞著味道，萌萌的搖晃著長耳朵。

　　「它沒回答。」正中央的一隻兔子說：「那它一定是食物。」

　　於是，所有的兔子異口同聲說道：「吃掉它！」

第 十 章
萌Q語

　　其_{ㄑㄧˊ}實_{ㄕˊ}，黑_{ㄏㄟ}衣_ㄧ公_{ㄍㄨㄥ}主_{ㄓㄨˇ}不_{ㄅㄨˋ}曉_{ㄒㄧㄠˇ}得_{ㄉㄜ˙}兔_{ㄊㄨˋ}子_{ㄗ˙}正_{ㄓㄥˋ}在_{ㄗㄞˋ}講_{ㄐㄧㄤˇ}話_{ㄏㄨㄚˋ}。

　　達_{ㄉㄚˊ}夫_{ㄈㄨ}也_{ㄧㄝˇ}不_{ㄅㄨˋ}曉_{ㄒㄧㄠˇ}得_{ㄉㄜ˙}。

　　山_{ㄕㄢ}羊_{ㄧㄤˊ}們_{ㄇㄣ˙}也_{ㄧㄝˇ}不_{ㄅㄨˋ}曉_{ㄒㄧㄠˇ}得_{ㄉㄜ˙}。

這群飢餓的兔子說的是「萌Q語」。

萌萌的動動鼻子。萌萌的搖搖尾巴。

萌萌的跳來跳去。「萌Q語」只有其他萌系動物才聽得懂。

幸ㄒㄧㄥˋ好ㄏㄠˇ……黑ㄏㄟ旋ㄒㄩㄢˊ風ㄈㄥ聽ㄊㄧㄥ得ㄉㄜˊ懂ㄉㄨㄥˇ「萌ㄇㄥˊQ語ㄩˇ」。

　　因ㄧㄣ為ㄨㄟˋ黑ㄏㄟ旋ㄒㄩㄢˊ風ㄈㄥ不ㄅㄨˋ只ㄓˇ是ㄕˋ小ㄒㄧㄠˇ馬ㄇㄚˇ黑ㄏㄟ旋ㄒㄩㄢˊ風ㄈㄥ。

相ㄒㄧㄤ似ㄙˋ度ㄉㄨˋ90% - - - - - - - - →

相ㄒㄧㄤ似ㄙˋ度ㄉㄨˋ
95%

相ㄒㄧㄤ似ㄙˋ度ㄉㄨˋ
100%

牠ㄊㄚ也ㄧㄝˇ是ㄕˋ酷ㄎㄨˋ麻ㄇㄚˊ花ㄏㄨㄚ ──獨ㄉㄨˊ角ㄐㄧㄠˇ獸ㄕㄡˋ酷ㄎㄨˋ麻ㄇㄚˊ花ㄏㄨㄚ。

　　獨ㄉㄨˊ角ㄐㄧㄠˇ獸ㄕㄡˋ酷ㄎㄨˋ麻ㄇㄚˊ花ㄏㄨㄚ當ㄉㄤ然ㄖㄢˊ是ㄕˋ萌ㄇㄥˊ系ㄒㄧˋ動ㄉㄨㄥˋ物ㄨˋ的ㄉㄜ˙成ㄔㄥˊ員ㄩㄢˊ之ㄓ一一。

相ㄒㄧㄤ似ㄙˋ度ㄉㄨˋ90%

相ㄒㄧㄤ似ㄙˋ度ㄉㄨˋ
95%

相ㄒㄧㄤ似ㄙˋ度ㄉㄨˋ
100%

第 十 一 章
黑旋風的妙計

黑旋風的肚子一直咕嚕咕嚕叫，停不下來。

黑旋風腦子裡想的，是那頓因為怪獸警報而錯過的夢幻早午餐。

牠好像聽到兔子正在講關於吃東西的事。

兔ㄊㄨˋ子ㄗˇ們ㄇㄣˊ想ㄒㄧㄤˇ吃ㄔ早ㄗㄠˇ午ㄨˇ餐ㄘㄢ嗎ㄇㄚ？牠ㄊㄚ們ㄇㄣˊ也ㄧㄝˇ想ㄒㄧㄤˇ吃ㄔ麵ㄇㄧㄢˋ包ㄅㄠ、煎ㄐㄧㄢ蛋ㄉㄢˋ捲ㄐㄩㄢˇ和ㄏㄢˊ甜ㄊㄧㄢˊ甜ㄊㄧㄢˊ圈ㄑㄩㄢ嗎ㄇㄚ？

不ㄅㄨˋ。原ㄩㄢˊ來ㄌㄞˊ牠ㄊㄚ們ㄇㄣˊ想ㄒㄧㄤˇ要ㄧㄠˋ吃ㄔ掉ㄉㄧㄠˋ黑ㄏㄟ衣ㄧ公ㄍㄨㄥ主ㄓㄨˇ！

萌兔怪全都擠在一起，變成一隻紫色大怪物。牠們張開嘴巴，露出亮晶晶的大牙齒，一雙雙黑眼睛直瞪著黑衣公主。

　　黑旋風急忙跳過去，擋在主人前面。

　　「先停下來！」黑旋風客氣的對兔子說。

　　這下子，每一隻萌兔怪都轉而盯著黑旋風看。

　　「你們不可以吃她！」黑旋風眨眨眼睛說。

　　「它又不會講話。」嘴裡還咬著黑衣公主鞋子的兔子對著黑旋風說：「它是食物。」

「她一點都不好吃啊。」黑旋風故作輕鬆的說：「她有夠難吃。這片草原上所有的美食全都沒了。」

萌兔怪看著四周一片乾枯、滿是塵土的空地。

「怪獸國肯定還有好東西可以吃！」黑旋風說。

「你們這裡有巨大的腳指甲嗎？」一旁的兔子問。

「怎麼可能有這種美食！」黑旋風回答。

「那鱗片呢？也許你們有蜥蜴鱗片可以吃？」攀在達夫肩膀上的兔子接著問。

「我們沒有香脆可口的鱗片可以吃。」黑旋風回答。

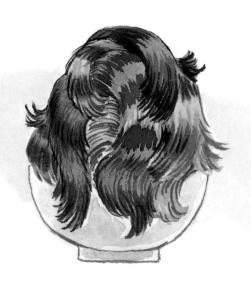

「那怪獸毛呢？你們總該有怪獸毛吧？」一隻靠在山羊身上的胖兔子提出第三個問題。

「全都沒有。」黑旋風說：「腳指甲聽起來就很好吃，沒錯吧？還有可口的蜥蜴鱗片、美味的怪獸毛……」

「我想念怪獸國。」當中最小的兔子哀怨的說。

「我也是。」其他好幾百隻的兔子也跟著說。

「你們應該趕快回去。」黑旋風建議。

「說得對！」萌兔怪們立刻附和。

於是，牠們一窩蜂的全跳進洞裡，回到怪獸國。

第 十 二 章
噴嚏草公主與黑衣公主

　　噴嚏草公主獨自坐在咖啡館，桌上有塗滿奶油的鬆軟麵包，包裏融化起司的煎蛋捲，還有堆成小山、撒滿糖霜的甜甜圈。

　　只ㄓˇ可ㄎㄜˇ惜ㄒ一ˊ木ㄇㄨˋ蘭ㄌㄢˊ花ㄏㄨㄚ公ㄍㄨㄥ主ㄓㄨˇ沒ㄇㄟ˙有ㄧㄡˇ準ㄓㄨㄣˇ時ㄕˊ赴ㄈㄨˋ約ㄩㄝ，酷ㄎㄨˋ麻ㄇㄚˊ花ㄏㄨㄚ也ㄧㄝˇ沒ㄇㄟ˙來ㄌㄞˊ。就ㄐㄧㄡˋ連ㄌㄧㄢˊ噴ㄆㄣ嚏ㄊㄧˋ草ㄘㄠˇ公ㄍㄨㄥ主ㄓㄨˇ的ㄉㄜ˙寵ㄔㄨㄥˇ物ㄨˋ豬ㄓㄨ——好ㄏㄠˇ棒ㄅㄤˋ豬ㄓㄨ爵ㄐㄩㄝˊ士ㄕˋ，也ㄧㄝˇ不ㄅㄨˋ曉ㄒ一ㄠˇ得ㄉㄜ˙跑ㄆㄠˇ到ㄉㄠˋ哪ㄋㄚˇ裡ㄌㄧˇ去ㄑㄩˋ了ㄌㄜ˙。

服務人員將桌面的美食全收走，因為早午餐時間已經結束了。

噴嚏草公主輕輕的嘆了一口氣。她非常珍惜能與木蘭花公主當好朋友。只是，木蘭花公主常常遲到。而且，她的洋裝常常裡外穿反。

「真是太奇怪了。」噴嚏草公主喃喃自語。

木蘭花公主究竟去哪裡了？她為什麼老是匆匆忙忙，連衣服都沒穿好？噴嚏草公主很努力的思考這些問題。

她好像就快想到什麼答案了……

這個時候，突然有人大喊她的名字。

那是洋裝穿反了的木蘭花公主嗎？不，是黑衣公主！

她正帶著一群山羊往村莊草原的方向前進。山羊男孩不斷告訴四周民眾，是黑衣公主和黑旋風救了他的山羊群。大家也跟著歡呼叫好。

「噴嚏草公主！」馬背上的黑衣公主大喊。「木蘭花公主要我代替她跟您道歉。她很抱歉沒辦法跟您一起吃早午餐。」

「真是太奇怪了……」噴嚏草公主小小聲的說著：「好可惜，早午餐時間結束了。」

黑旋風發出哀嚎聲。

「不過，那就表示：現在是午餐時間了！」噴嚏草公主問：「你們願意跟我一起享用午餐嗎？」

黑旋風睜大眼睛，動了動耳朵，將尾巴甩來甩去，牠也在用萌Q語歡呼。

　　「跟你一起享用午餐，是我最最最喜歡的一件事。」黑衣公主說。

　　獨角獸酷麻花那一天雖然沒有吃到早午餐，不過，黑旋風就像國王一樣，享用了一頓豐盛的完美午餐。

飛ㄟ呀ㄚ，黑ㄟ旋ㄒㄩㄢ風ㄈㄥ，飛ㄟ呀ㄚ！

黑ㄟ衣ㄧ公ㄍㄨㄥ主ㄓㄨ跟ㄍㄣ黑ㄟ旋ㄒㄩㄢ風ㄈㄥ這ㄓㄜ˙對ㄉㄨㄟ好ㄏㄠˇ夥ㄏㄨㄛˇ伴ㄅㄢˋ，
又ㄧㄡˋ將ㄐㄧㄤ展ㄓㄢˇ開ㄎㄞ怎ㄗㄣˇ麼ㄇㄜ˙樣ㄧㄤˋ的ㄉㄜ˙精ㄐㄧㄥ采ㄘㄞˇ旅ㄌㄩˇ程ㄔㄥˊ呢ㄋㄜ˙？

關鍵詞

Keywords

單元設計 | **李貞慧**
（國立臺灣大學外國語文學系研究所碩士，現任國中英語老師）

---

❶ ride 騎（馬等）；乘（車等） 動詞

Princess Magnolia and her unicorn, Frimplepants, rode toward the village.

木蘭花公主和獨角獸酷麻花正往村莊的方向騎去。

*rode是ride的過去式。

❷ cave 洞穴 【名詞】

Princess Magnolia and Frimplepants rode into the secret cave.

木蘭花公主和酷麻花騎進祕密山洞。

❸ bunny 小兔子 【名詞】

These little bunnies are so cute. What harm could they do?

這些小兔子好可愛，
哪有可能造成什麼傷害？

❹ taste 吃；嘗 動詞

The bunnies saw an ocean of green grass. They wanted to taste it.

小兔子們看到一望無際的綠色草原，牠們想要嘗嘗看它的滋味。

❺ bite 咬；一口之量 名詞

Blacky opened his mouth wide and took a bite of the grass.

黑旋風張大嘴巴，咬了一口草。

* take a bite這個片語的意思就是「吃一口；咬一口」。

❻ nibble 細咬；啃 動詞

One bunny was nibbling on Blacky's tail.

那時有隻兔子正在啃黑旋風的尾巴。

❼ jump 跳 動詞

A cute little bunny
jumped onto a goat's head.

一隻可愛的小兔子跳到山羊的頭上。

⑧ **pasture** 牧草地 名詞

The bunnies looked around at the dry, dusty pasture.

小兔子們看著四周一片乾枯、滿是塵土的草地。

⑨ **prefer** 寧願（選擇）；更喜歡 動詞

The Princess in Black would prefer lunch with Princess Sneezewort to anything in the world.

在這世界上，黑衣公主最最最喜歡的一件事就是和噴嚏草公主一起享用午餐。

閱讀想一想
Think Again

❶ 為什麼體型巨大的九臂怪獸，也會害怕體型小巧的萌兔怪呢？

❷ 黑衣公主為什麼會覺得小兔子不可能是怪獸？

❸ 為什麼萌兔怪說的話，黑衣公主和達夫都聽不到，只有黑旋風聽得到呢？

❹ 這次對抗萌兔怪的大功臣是誰？牠用什麼方法讓萌兔怪願意回怪獸國？

❺ 如果「木蘭花公主就是黑衣公主」這件事被揭穿，你覺得會發生什麼事呢？

國家圖書館出版品預行編目(CIP)資料

公主出任務. 3, 飢餓的萌兔怪/珊寧.海爾(Shannon
Hale), 迪恩.海爾(Dean Hale)作；范雷韻(LeUyen Pham)
繪；黃筱茵譯. -- 二版. -- 新北市：字畝文化創意有限
公司出版：遠足文化事業股份有限公司發行, 2023.06
　面；　公分
譯自：The Princess in black and the hungry bunny horde

ISBN 978-626-7200-34-6(平裝)
874.596　　　　　111018105

公主出任務 3：飢餓的萌兔怪（二版）
The Princess in Black and the Hungry Bunny Horde

作者｜珊寧・海爾 & 迪恩・海爾 Shannon Hale, Dean Hale
繪者｜范雷韻 LeUyen Pham　譯者｜黃筱茵

字畝文化創意有限公司

社長兼總編輯｜馮季眉　責任編輯｜洪 絹(初版)、陳心方(二版)
編輯｜戴鈺娟、巫佳蓮　美術設計｜盧美瑾

讀書共和國出版集團

社長｜郭重興　發行人｜曾大福
業務平臺總經理｜李雪麗　業務平臺副總經理｜李復民
實體書店暨直營網路書店組｜林詩富、郭文弘、賴佩瑜、王文賓、周宥騰、范光杰
海外通路組｜張鑫峰、林裴瑤　特販組｜陳綺瑩、郭文龍
印務部｜江域平、黃禮賢、李孟儒

出　　版｜字畝文化創意有限公司
發　　行｜遠足文化事業股份有限公司
地　　址｜231 新北市新店區民權路108-2號9樓
電　　話｜(02)2218-1417　傳　真｜(02)8667-1065
電子信箱｜service@bookrep.com.tw
網　　址｜www.bookrep.com.tw
法律顧問｜華洋法律事務所　蘇文生律師
印　　製｜中原造像股份有限公司

2023年6月　二版一刷　定價｜300元

書號｜XBSY4003　ISBN｜978-626-7200-34-6（平裝）

特別聲明：有關本書中的言論內容，不代表本公司出版集團之立場與意見，
文責由作者自行承擔